¡TENGO QUE IR!

cuento de Robert Munsch
arte de Michael Martchenko

annick press
toronto • new york • vancouver

segunda edición, octubre 2008

Annick Press Ltd.

Agradecemos el apoyo a nuestras actividades de edición del Consejo para las Artes de Canadá, al Consejo para las Artes de Ontario y al gobierno de Canadá mediante el Programa de desarrollo de la industria de edición de libros (BPIDP).

ONTARIO ARTS COUNCIL
CONSEIL DES ARTS DE L'ONTARIO

Cataloging in Publication Data
Munsch, Robert N., 1945-
  [I have to go!. Spanish]
  ¡Tengo que ir!

Translation of: I have to go!.
ISBN 1-55037-682-9

I. Martchenko, Michael. II. Title. III. Title: I have to go!. Spanish.

PS8576.U575I218 2001   jC813'.54   C2001-930081-6
PZ73.M86Te 2001

Distribuido en Canadá por: Publicado en U.S.A. por: Annick Press (U.S.) Ltd.
Firefly Books Ltd.   Distribuido en U.S.A. por:
66 Leek Crescent   Firefly Books (U.S.) Inc.
Richmond Hill, ON   P.O. Box 1338
L4B 1H1   Ellicott Station
                                                  Buffalo, NY 14205

Printed and bound in China.

www.annickpress.com

A Andrew McIsaac de Cookstown, Ontario
y a Andrew Munsch de Guelph, Ontario

Un día, la mamá y el papá de Andrew lo iban a llevar a la casa de su abuela y su abuelo.
Antes de subirlo al auto, su mamá le dijo:
—Andrew, ¿tienes ganas de hacer pipí?

—Andrew dijo: —No, no, no, no, no.

Su papá le dijo, muy despacio y claramente:
—Andrew, ¿tienes ganas de hacer pipí?

—No, no, no, no —dijo Andrew—. Decidí que nunca más voy a hacer pipí.

Así que subieron a Andrew al auto, le abrocharon el cinturón de seguridad y le dieron muchos libros, muchos juguetes, muchos lápices de colores y comenzaron a andar: "BRUUUUMMMMM". Habían andado sólo un minuto cuando Andrew gritó: —¡TENGO QUE HACER PIPÍ!

—¡Ah! —dijo el papá.
—¡OH, NO! —dijo la mamá.

Luego el papá dijo: —Escucha, Andrew, espera sólo cinco minutos. En cinco minutos llegaremos a una estación de servicio, y allí podrás hacer pipí.

Andrew dijo: —¡Tengo que hacer pipí AHORA MISMO!

Por lo tanto, la mamá detuvo el auto: "SCRIIIIICH". Andrew salió del auto de un salto e hizo pipí detrás de un arbusto.

Cuando llegaron a la casa de la abuela
y el abuelo, Andrew quiso salir a jugar.
Estaba nevando y necesitaba un traje
para la nieve.
Antes de ponerle el traje para la nieve,
la mamá, el papá, la abuela y el abuelo
dijeron juntos: —¡ANDREW! ¿TIENES
QUE HACER PIPÍ?
Andrew dijo: —No, no, no, no, no.

Por lo tanto, le pusieron el traje para la nieve a Andrew. El traje tenía cinco cierres, 10 hebillas y 17 broches de presión. Les tomó media hora ponerle el traje para la nieve.

Andrew salió al patio, arrojó una bola de nieve y gritó: —¡TENGO QUE HACER PIPÍ!

El papá, la mamá, la abuela y el abuelo corrieron hacia afuera, le sacaron el traje para la nieve a Andrew y lo llevaron al baño.

Cuando Andrew regresó, tuvieron una hermosa y larga cena. Luego, se hizo la hora de que Andrew fuera a dormir.

Antes de llevarlo a la cama, la mamá, el papá, la abuela y el abuelo dijeron:
—ANDREW, ¿TIENES QUE HACER PIPÍ?

Andrew dijo: —No, no, no, no, no.

Así que su mamá le dio un beso, y su papá le dio un beso, y su abuela le dio un beso y su abuelo de dio un beso.

—Esperen un momento —dijo la mamá—. Ahora va a gritar y va a decir que tiene que hacer pipí.

—Oh —dijo el padre—, lo hace todas las noches. Me vuelve loco.

La abuela dijo: —Yo nunca tuve esta clase de problemas con mis hijos.

Esperaron durante cinco minutos, 10 minutos, 15 minutos, 20 minutos.

El papá dijo: —Creo que se durmió.
La mamá dijo: —Sí, creo que está dormido.
La abuela dijo: —Sí, definitivamente
dormido y ni gritó ni dijo que tenía que
hacer pipí.

Luego Andrew dijo: —Mojé la cama.

Así que la mamá, el papá y la abuela y el
abuelo cambiaron la cama de Andrew y
le pusieron otro pijama.
Luego, su mamá le dio un beso, su papá
le dio un beso, su abuela le dio un beso
y su abuelo le dio un beso y todos los
grandes se fueron para abajo.

Esperaron cinco minutos, 10 minutos, 15 minutos, 20 minutos y desde arriba Andrew gritó: —ABUELO, ¿TIENES QUE HACER PIPÍ?

Y el abuelo dijo: —Pues sí, creo que sí. Y Andrew dijo: —Yo también.

Así que los dos fueron al baño e hicieron pipí, y Andrew no mojó más su cama en toda la noche, ni siquiera una vez.